Maria Isabel Sánchez Vegara

Küçük İnsanlar **& BÜYÜK HAYALLER**

ADA LOVELACE

İllüstrasyon:
Zafouko Yamamoto

MARTI ÇOCUK

α
h
B
Ca
CB
a
c
α
d
P=4a
a
α² + B² = c²
h² = ca · cB
a² = ca · c
b² = CB · c
cos a = B/c
Geometri

Ada'nın annesi konuşmayı çok sevmeyen bir matematikçiydi. Babası Lord Byron ise büyük bir şairdi.

Yalnız başına çok vakit geçiriyordu.
Tek arkadaşı Pofuduk Hanım isimli kediydi.

Hayatında hiç
uçak görmemişti
ancak muhteşem
bir hayal gücü
vardı; her yerde
uçan nesneler
hayal ediyordu.

Cebir

Annesi tüm bunların bir saçmalık olduğunu düşünüyordu. Kızı çok mu akıllıydı yoksa biraz tuhaf mıydı?

Ancak Ada sıfırdan yüze kadar olan sayılardan da çok hoşlanıyordu. Matematik formülleriyle uğraşmaya bayılıyordu.

2+1=3
4+1=5
5+1=6
7+1=8
8+1=9
9+1=10

MATEMATİK
MATEMATİK
Geometri
MATEMATİK
MATEMATİK
II
Cebir
I
$a^2+b^2=c^2$

Birkaç farklı ve garip hastalığa yakalandı ve yaklaşık üç yıl boyunca yataktan çıkmadan çalışmak zorunda kaldı.

Ada sonunda iyileştiğinde ve pijamalarından kurtulduğunda çok ünlü bir matematikçi olan Charles Babbage ile tanışıp arkadaş oldu.

1+2=3
3+1=4

Bay Babbage garip bir makine icat etmişti.

O dönemde hesap makinesi henüz hayal bile edilemeyen bir şeydi.

Bu makine bir komitenin önünde sayıları hesaplıyordu ve salondaki hiç kimse sürecin neden ve nasıl işlediğini anlamıyordu.

Ancak Ada numaraların hayatta birçok şeyi yapmak için işe yarayabileceğini düşünüyordu.

Mesela bu yöntemle makinelere çok önemli emirler gönderilebilirdi.

8x2=16
9x2=18
2x4=8
1x4=4
1x6=6
8+2=10
5+2=12

Bir kâğıt parçasına bir tür gizli kod yazdı.
Bu kod, bütünlüklü mesajlar göndermeye
yarayan numaralardan oluşuyordu.

Bütün bilgisayarlarda kullanılan dili keşfettiğini henüz bilmiyordu.

Ve bunu geçtiğimiz yüzyılın teknolojisiyle gerçekleştirmişti!

Böylece küçük hayalperest Ada, dünyanın ilk bilgisayar programcısı oldu.

abc...
123...

Küçük İnsanlar & BÜYÜK HAYALLER - ADA LOVELACE
Özgün Adı: Pequeña & GRANDE - ADA LOVELACE
Maria Isabel Sánchez Vegara

Yayın Yönetmeni : Şahin Güç
Çeviren : Nazlı Gürkaş
Editör : Elif Hazal Çök
İllüstrasyon : Zafouko Yamamoto
Grafik Uygulama : Nazan Öztaykutlu

Türü: Çocuk Öykü
Ebat: 19,5x24 cm
Kitap No: 1553

1. Baskı: Eylül 2018
ISBN: 978-605-186-760-1
Yayınevi Sertifika No: 12330

Martı Yayıncılık
Martı Yayın Dağ. San. Tic. AŞ
Avrupa Konutları Ofis, Maltepe Mah. Yedikule Çırpıcı Yol Sok.
No:9 Kat:7 D:39 Cevizlibağ/İstanbul Tel: 0 212 803 88 57
www.martiyayinlari.com info@martiyayinlari.com

Baskı: Vizyon Basımevi Kağıtçılık Matbaacılık ve Yayıncılık San. Tic. Ltd. Şti.
Beylikdüzü Organize Sanayi Bölgesi Orkide Cad. No: 1/Z Beylikdüzü/İstanbul
Tel: 0212 671 61 51 Fax: 0212 671 61 50 Sertifika No: 28640

ADA LOVELACE

(Londra, 10 Aralık 1815 -
Marylebone, 27 Kasım 1852)

Ünlü şair Lord Byron'ın kızı, İngiliz matematikçi ve yazar Ada Lovelace, duyguları ve aklı arasında her zaman mücadele içerisinde olan bir dâhiydi. Bir bilgisayarın basit hesaplamalardan da ötesini yapabileceğini öngördü ve ilk program dilini keşfetti. Böylece ilk bilgisayar programcısı olarak tarihe geçti.

Küçük İnsanlar & BÜYÜK HAYALLER

Coco Chanel

Frida Kahlo

Audrey Hepburn

Amelia Earhart

Marie Curie

Küçük İnsanlar & BÜYÜK HAYALLER

Agatha Christie

Ada Lovelace

Rosa Parks

Emmeline Pankhurst

Ella Fitzgerald